アルゼンチンババア

よしもとばなな

幻冬舎文庫

アルゼンチンババア

よしもと ばなな

絵
奈良 美智

絵　奈良美智

本文デザイン　中島英樹

母が死んだ時、私の平凡だった世界は消えた。

そして今までカーテンの向こうにあったものすごいものが突然姿を現した。

人って本当に死ぬんだ、ごく普通の毎日ってあっという間に姿を変えてしまうんだ。あの、だらだらした退屈な感じなんてみんな錯覚だったんだ。

深い嘆きの中にも毎日、新鮮な発見があった。


それは私が十八の時のことだった。

父は、そのすごいプロセスの、肝心なところから見事に逃げた。

彼は墓石や庭石を彫る仕事をしていた生粋の職人で、私の記憶の中ではいつでも仕事場にいるイメージがあった。中学校を出てすぐに親方について、大勢の職人のひとりとしてほとんど住み込みで働いていた父は、若くして独立して親方から仕事を回してもらえるようになった。しかし時代の波はどんどん父の時代のやり方を押し流していった。

そんなやり方自体がこの世からすっかり消えてしまったのだ。石は加工済みで輸入できるから産地までわざわざ足を運ばなくてもいいし、職人さんも外注になってきて、機械があればどんな人でも石を切り、磨けるようになった。昔は石を見に行くところからやったもんだけどなあ、とよく父は言っていた。墓の大きさに合わせて石を見立てたり、その場所に植えるちょうどいい木の種類のことまで考えたものだと。父はそういう、石屋という仕事がなくてはならない、にぎやかだった最後の時代を生きてきたのだ。

今では墓石はぐっと安くなって、量販店みたいなものまでできている。それでも機械を極力使わず手作業でやる父のやり方が気に入っている人たちもいて、つい最近まで父は細々と墓石を彫り続けていた。

私の母は親方の娘だった。はじめはかけおち同然だったらしいが私ができたことで和解して家も建ててもらえたし、仕事場もゆずってもらえた。自分を曲げてまで近代化に合わせていく必要がなかったのは職人かたぎの父にとって幸運なことだった。

母が入院してから、父はどんなに仕事が忙しくても、朝と晩必ず母の好きな地元のケーキ屋のケーキや果物を持ってはせっせと病院に通っていた。

それなのに母が死ぬ日の朝は、なぜかねぼうして来なかった。
私は、きっと父は知っていたのだと思った。
前の晩にもう気づいていたのだ。
でも、こわくて、逃げたのだと思う。
そして大きな贈り物をもらいそこねた。

私はそのことで一瞬父を恨んでいたが、今はもうすっかり許している。
ひとりっ子の私が母の死に立ちあって、何を受けとったかはうまく言えない。でもそれはいつでも私の瞳に宿るようになった、ある光として表現できる。鏡を見ると、私の目にはこれまでになかった、何かを受け入れる大きな力が宿っているのがわかる。

だから、私は、きっと大きな贈り物をもらったのだと思う。胸がさけるような痛みや、歯の根が合わないほどの恐怖や、一生心を離れない、病院の暗い廊下の風景を見てしまったこととひきかえに。

お母さんの体からお母さんの魂がいなくなった時、私はその冷たい体を見て何回も思ったのだ。

「ああ、お母さんはこれに乗って旅をしていたんだ」

だから、私も、私の体を、ちょうど車をメンテナンスするように大切に扱うようになった。ガソリンはハイオクなのかレギュラーなのか、山道には強いのか、雪が降ったらどうするのか、どういうもので塗装したらいいのか、燃費の悪い食べ物は何で、どう負担がかかるのか。自分の肉体は車だと思うとすごくわかりやすくなって、私は以前よりも健康にさえなった。

街はずれに廃屋みたいなビルがあり、そこには昔からひとりのおばさんが住んでいた。私が幼い頃もうおばさんだったから、今は間違いなくおばあさんと呼んでいい年齢だろうと思われた。

私たちは子供の頃からそのビルを「アルゼンチンビル」と呼んでいた。そして、そこに住んでいるそのおばさんを「アルゼンチンババア」と呼んでいた。

なぜならそのビルではその当時、ものすごい厚化粧と派手な服装で有名だったアルゼンチンババアがアルゼンチンタンゴとスペイン語を教えていたからだ。

いつのまにか生徒がいなくなり、教える気も失せたアルゼンチンババアは少し頭がおかしくなって、屋上で菜園を作って自給自足の生活をしているらしい、というところまではみんなが知っていた。

アルゼンチンババアは遠い昔、本場アルゼンチンでタンゴを習っていたらしいということも有名だった。もしかしたら半分はアルゼンチン人なのかもしれないという噂もあった。

よくそのあたりを通りかかると、うっそうとした草の向こうを、アルゼンチンババアがうろうろ歩いていた。たまに、スーパーの袋を持っていることもあった。魔女のようなわし鼻で、目は鋭いつり目で、やたらと尖った体つきをして、いつもぼろぼろの服を着ていた。

猫を食べているとかいう噂も流れたが、あれは単に飼っているのだというところに落ち着き、ゴミ出しもするし、あいさつもするし、なんと言っても彼女の持っている土地であるから（南米との間で貿易の事業をしていた、彼女のお父さんが遺した土地らしかった）、もう放っておいてあげよう、というのが街の人の意見だったし、子供たちもやがて忍び込んだりいたずらをするのをやめてしまった。彼女の親戚が大使だとかアルゼンチンで警察の上のほうにいるとかいう噂がたったから親が止めたのだ。

だいたいこの街には古くから住んでいる人が多い上におおむね善良な人ばかりなので、街のはずれにぼろぼろのビルが一軒あって、そこに変わったおばさんが住んでいることくらいはどうでもいいという感じだった。


母が死んでしばらくして、他でもない、この自分の父親がアルゼンチンババアのところに出入りしていると聞いた時、私は大爆笑してしまった。

腹を抱えて、涙が出るくらい笑い転げた。

知らせてくれた友達と言い合った。

「だって、あの、アルゼンチンババアだよ！」

「全くよ！　アルゼンチンババアとできてるってか？」

「すごいよ！　あの、町いちばんの有名人、アルゼンチンババアだよ！　なんて言っても！」

そして二人ともぎゃははと笑い続けた。

電話を切って笑いがさめてみると、さすがに少しだけ不安になった。

私はその時実家には住んでいなくて、通っている私立の学校により近い、同じ町内にある親戚のおばさんの家に下宿していたのだ。

それでもひとり暮らしの父が心配なのでしょっちゅう顔は出していた。

その頃父は確かに留守がちで、仕事もほとんど入れていない様子だった。母が死んだことでちょっとした鬱状態になってしまったように見えたので、貯えもあるし、しばらくは放っておこうと思っていた。

でも最後に実家で会った時、父は私の作ったうどんを食べながら、ぽつりと言った。

「みつこ、おまえ曼陀羅っていうのを知ってるか？」

「うん、知っているよ。このあいだ上野で展覧会まで見た」

「あれなあ、世界中にあるんだよ、似たものが」

「へえ、そうなんだ」

「俺なあ、ずっと石を彫ってきて、なんだか、曼陀羅っていうものがわかってきた気がするんだ。石って自然のものだろ、だから、伝わってくるものがあったんだろうなあ」

父は真顔で言った。

「へ、へえ。どういうふうに？」

私はちょっとだけ動揺してそうたずねた。

「宇宙は、平面じゃなくて、時間もないんだ。それで、何層にもなっているんだよ。その何層にもっていうのが、からくり箱みたいに時間も何もかもひっくるめて全部つながっていて、理屈じゃないし、絵にもできないんだ。どの部分も全ての部分に通じてるわけだよ。奥の深い空間が、ずっとずっと果てしなく重なっているんだ。それで、それをなんとかして表そうとしたのが、あれなんじゃねえかな」

父は言った。

父は十代で弟子入りして店を継ぐまでずっと修行の日々だったから、本はほとんど読まないし、ＴＶは時代劇しか見ない。何かの影響を受けてそんなことを言いだしたとは考えにくかった。

若いうちは親方を親と思い「はいはい」と言うことを聞き、毎日ひたすら作業場で口に手ぬぐいを巻いて石の粉と戦いながら働き、寝る前の風呂でやっと腰をのばし、独立してからはお客さんとのやりとりに奔走し、職人さんたちを雇ってまとめ、たまに飲みに行き……父の人生に抽象の入り込む余地は全くなかったはずだ。

私はよく知りもしないのに、

「お父さん、ホーキングみたいなこと言って……」

と言った。

「誰それ？　外人？」

父は言った。

私の頭には宇宙空間や曼陀羅の鮮やかな色彩がぐるぐると回っていた。

もしかしてお父さんは頭がおかしくなるのかもしれない、そう思うと、ひとりっ子の私はとてもこわかった。

施設や、病院にこまめにお見舞いに行く淋しい自分の姿が浮かんできたのだ。

でも、後からよく考えてみると、とてもおかしなことだった。

どうして、お父さんがおかしくなることをまずじっと見つめようとしないで、いきなり見知らぬ施設を想像してしまったのだろう。

どうして人はそんなふうでなくてはいけなくなったんだろう？　本当はその症状によって、その場その場で家族の立場はいくらでも変わるはずだ。

きっと人は、愛する人の変化がこわいからって、そんなふうにしてしまったのだ。

想像の中で施設に入れたら、もう私はお父さんの何か、私とお父さんのつながりとそこにかかわっている分のお父さんの魂を前もって施設に入れてしまっていることになるのだ。

それは、昔の人のいうところの呪いではないか。

そんな恐ろしいことを自動的にしてしまうようになってしまっていた。

何が正しいというんではなくて、人の死ぬ時の形を死ぬ本人が選べなくなってずいぶん時間がたつような気がする。

人は死ぬ瞬間までちゃんと息をして生きているのに、ずいぶんと早いうちからもう、まわりじゅうからのしかかってくるそういうタイプの小さな呪いによって、死んだことにされてしまう気がする。

母の場合は急な死だったからいろいろ見えにくかったけれど、それは私や父が「お母さんは死ぬはずがない」と思い込んでいたのが、たまたまいほうに転んでいただけなのだ。

人は死ぬ瞬間まで生きている、決して心の中で葬ってはいけない。

それも私がアルゼンチンババアから教わったことだ。

アルゼンチンババアの本名は「ユリ」だった。

だから私は花屋の店頭でユリを見ると、いつでも涙ぐんでしまう。

そしてその後必ずちょっとだけ笑顔になる。

悲しみよりも懐かしさよりも、楽しかったことがたくさん頭の中によみがえってきて、たとえその日がどんな天気であってもどんなごみごみした街中でも、奇跡のように新鮮な空気がさあっと胸に入ってくるのだ。

そして胸のところが黄色っぽい暖かい光に満たされて、幸福がじんわりと体中にしみわたる。

懐かしく切ない気持ちと、今、こうしてここにいることへの不思議な感動の念が私の体中を照らし、その光は私の中にたまっていたつまらないことをきれいに洗い流していく。

父が仕事をやめて勝手に石材店をたたんでしまったのは、母が死んでからおおよそ半年後の真冬のことだった。

やたらに晴れていて、空気が乾いている冬だった。

私は近所の奥さんに言われて、初めて父が仕事をやめたことを知った。

いろいろな仕事先の人たちやお客さんにはきちんと手紙を書いて知らせて

いたらしい。最近ただでさえ仕事がなかったので、残っていた仕事を信頼できる同業者にまかせるのもスムーズだったようだ。

そしてある日突然、母の名義になっていた多額のお金が私の定期預金口座に振り込まれていた。あわてて電話したらもう実家の電話は使われていなかった。

私は実家に行ってみた。

私が小さい頃は、作業場は近所にある別の家の一階で、とても広いところだった。他の職人さんたちが仕事帰りにあいさつをしに寄ったり、近所の人が通りかかる度にちょっと声をかけていったり、仕事も忙しくて手間がかかるから活気があってとてもにぎやかだった。だんだん景気が悪くなって、父の事務所は父だけになり、作業場も家の中にこしらえた。たまに手伝いの人が来る程度で、どんどんさびれていった。

それでも、仕事をしている父を見るのは好きだった。母が一日に何回かお茶を運んでいくと、父は手を休める。忙しいからそこに置いとけ、ということは滅多になかった。そして父と母がたわいないおしゃべりをしている声が、台所のほうにかすかに聞こえてくる様子も大好きだった。

しかし父のいなくなった実家は誰も住んでいない家特有の荒れて淋しい感じがして、父の作業場には墓石もひとつも残っていなかったし、道具がひとつもなかった。駐車場の車ももちろんなかった。

住居の中はそのままで、母が捨てられなかった古いトースターだとか、花柄のポットだとかが、薄暗い台所に息をひそめていた。

なんだかやりきれなくなった。もうここでは確かに何かが終わってしまったのだ。何もかも失われてしまった。

家族なのにそんな時に相談もしてもらえないとは、と思うとさすがに情けなくて、私は泣いた。

でも涙しながらも、もうひとつ「父らしいなあ」という冷静な感じがちらりと頭のはじっこにあった。

父はそんな情緒の細かいことに気がまわる人ではないが、私を悲しませるようなことは思いつかないはずだ。

その気持ちはどんどん優勢になり、父がアルゼンチンビルにいるに違いないという確信に変わっていった。

生前はなんでも母がやってくれていたし、引っ越しなんてしたことがない父にしてみれば、そんな町内での移動なんて、移動したうちに入らない。そのうち電話番号を教えよう、と思っているうちに、女の家にいるという恥ずかしさも手伝って、のばしのばしになっている。

まあ、そんなところだろうなと私はふんだ。

まだ高校生でいくらそのまま女子大に行ける私立だとはいえ、成績が落ちたら上がれなくなってしまう状況だったのに、気苦労が多かった。

母が生きているうちには考えもしなかったことだ。

すごく自由な感じと、振り向かずに走らないと壊れてしまいそうな孤独がいっぺんに私のものになっていた。

それでも、表に現れているよりもいいことが起きているような気はしていた。

行動の感じで、なんとはなしに人の幸不幸はわかるものだ。

お父さんは周囲の噂どおりに、伴侶を亡くした絶望で少し変になってアルゼンチンババアにだまされてしまったのではなく、全然違う方法で第二の人生を見つめている……なんとなくそんな気がし始めていた。

ある時、私は思いきってアルゼンチンビルに行ってみることにした。

電話がないようなので、いきなり行くしかなかったのだ。

古びてさびて傾いている門の中に無造作に停められている父の軽トラックを見て、私は「やっぱりな」と思い、来てしまったことを少しだけ後悔した。その門と庭とアルゼンチンビルは、昔子供の頃に見たのと全然変わっていなかったからだ。あいかわらず周囲の空間とはかけ離れていて、まるで人を寄せ付けまいとしている廃墟のような感じで、私はそのまま帰ってしまいたくなった。門から見える建物はそう遠くないのに、はるか遠くに感じられるくらいにうずたかく草が茂っていた。棘のあるつる草みたいなものもたくさんあった。

どうやったらこんなに育つのだろうと思う巨大な古代のソテツみたいなものや、柿の木や、枯れたセイタカアワダチソウなどが何重にもからまり合って存在していた。いずれにしても冬のただ中で、全ては枯れ枝に覆われて全体が茶色に見えた。それでもそこは枯葉に埋もれたうらぶれているだけの景色ではなく、椿もあちこちに色を添えていたし、はじっこには梅や桜もあった。生い茂ってもう木みたいに幹が太くなったアロエも、真っ赤な花をいくつもつけていた。

　そして真ん中あたりでは奇妙なバランスで、ちらほらとバラが咲いていた。もしかして門から入り口までの道の脇は、昔はバラ園だったのかもしれないと思った。

　いつのことだったのだろう、そのバラたちが整然と植わっていたのは。夢の中のお城のように、きれいに切りそろえられて建物を彩っていたのは。終わってしまった場所特有の、淋しく甘い感じが私を包んだ。

　鍵がかかっていたので私は思いきって門を乗り越え、ごそっという音と共に庭に降り立った。

　バラのピンクや赤が冬の真っ青な空によく映えて、私は自分の背丈ほどもあるバラの木たちを何回もじっと見上げた。ねじくれた幹や、花びらが落ちた花を。枯れた草の匂いの中から、甘い匂いがちょっとだけ香ってきた。

コートに手袋とマフラーの重装備が役にたち、私はその汚く暗い庭をなんとか通り抜けて玄関のチャイムを押した。

でも、どうも壊れているようで、いつまでも誰も出てこなかった。

普通なら少しどきどきするのに、その廃墟みたいな玄関で、私は思わずじっと待ってしまった。

なんだか奇妙に落ち着いた気持ちだった。

冬空と、三階建ての古ぼけたビルと、うっそうとした森みたいな庭。乾いて甘い植物の匂いと猫のおしっこのつんとする匂いが混じって、冬の空気がここでは結界のような役割をはたし、冷たく輝き生きている感じがした。鳥の声が、まるで歌のように笛のように高く響きわたる。

その向こうの遠い世界に、私の生きている日常があった。車が走り、家が建ちならび、大きなスーパーがあり、にぎわいがあり、日々の雑事がある世界が。

　ああ、静かなのだ。入ってしまいさえすれば、全てがとてもおだやかなのだ。

　お父さんがなんでここにいるのか、なんとなくわかった気がした。


　しかし十分もすると、さすがに「こんなことしてる場合じゃない」という気がしてきたので、私は思いきりドアをノックした。こぶしで、何回も。

「はいはーい」

　と甘い声がして、足音が近づいてきた。

　そしてアルゼンチンババアがドアをぎいと開けた。すごいわし鼻だった。

鼻の穴が三角で、そして目のまわり全体にすごいアイラインがひいてあった。唇は情熱の赤だった。古ぼけたウールの黒いワンピースを着て、偽真珠のネックレスをしていた。

「あなたは！　もしかしてみつこちゃんなのねえええ！」

そう言って、アルゼンチンババアはその汚いしみだらけの臭い服で私を包み込んで抱きしめた。服の中には細い、骨張った体の感触があった。

「お母さんが死んで、大変だった、あなたは本当に偉い子だった。ひとりで大変だったねえ、お父さんからあなたが立派だった話を何回も聞いたよ、だから初めて会ったんじゃないみたいよ。だから、会ったら絶対に、偉かったねって抱きしめようと思ってたの」

呪文のようにそう言いながら、アルゼンチンババアは私の頭を優しく丸くなで続けた。その服からは、カビと、太陽の匂いと、ほこりと、人間のあぶらの匂いがした。

私は窒息しそうに不快だったのに、なぜか涙が出た。

「お父さんってここにいますか？」

私は涙をかくそうともせずに言った。

アルゼンチンババアも目から涙が出ていた。

「今、あたしも自分のお母さんが死んだ時のことを思い出しちゃったの」

彼女は言った。そして驚いたことに、私が思っていたのと同じことを言いだした。

「その時、一生消えない大きな贈り物をもらったわ。でも、それでもうんと悲しかったよね、あれは、うんと悲しいことだったよね」

そしてまた私を抱きしめた。もう残っていなかったはずの涙がまた出てきた。母と潮干狩りに行ったこと、母と銀杏を拾いに行ったこと。

見上げる母のあごのあたりや、体を寄せた時の感触や。

不思議と思い出すのは幼い頃のことばかりだった。おかしなことに、いつのまにか泣き方も子供に戻ってしゃくりあげるような泣き方になってしまっていた。

二人で玄関先でしばらく泣いていたら、いつのまにか臭いのも気にならなくなった。

変わったイニシェーションだった。でも、なんだかぐっと彼女に近づいた気がした。

それでも間違って入籍でもしてしまったら、これは私の義母になるのだ、と思うとなんとなく慎重になるせちがらい私だった。

「アル……あの、失礼ですが、お名前は？」

私は彼女の国籍が知りたくて、さりげなく聞いた。まさかアルゼンチンババアと呼ぶわけにはいかなかったし。

「私はユリよ」

彼女は微笑んだ。名字を言ってくれないと国籍がわからないなあ、と私は思ったが、まあいいや、おいおいわかれば、と思ってとりあえず泣いた後の赤い目で微笑み返しておいた。

「さあ、入って」

大げさな身振りで導かれたその家の中は、一部の生活空間をのぞいて、まるで廃屋だった。いつも暖房のある部屋に慣れている私にはえらく寒かった。そして、コンクリートの壁から、きっと外の寒さがしみ込んでくるのだろう、床も冷たかった。

私はユリさんについて、三階まで上がっていった。

あちこちにしいてあるじゅうたんには多分十数年分の髪の毛の層がこびりつき、なんとなく猫のおしっこの匂いが漂っていたし、猫の毛と髪の毛とからまり合ってあちこちでおだんごになっているほこりもすごかった。別にものすごく散らかっているわけではないのだろうが、ものが多すぎる上に全体が薄汚れていた。

その奥の奥でまるで巣に入っている野ネズミみたいに、色とりどりのいろいろな布にくるまってこたつにあたっている父を見たら、さすがに情けなかった。

「よう、みっちゃん」

と父は言った。

「連絡くらいしてよ！」

私は怒って言った。

「悪い悪い、する気はあったんだけど、何もかも、面倒になっちまって」

父は言った。

それでもほんの少しほっとしたのは、父が、母が死んだ当時よりも少し血色がよくなり、目にも輝きがあったことだった。

「まあいいけどさ」

私は父のそばに座った。こたつも臭かったので入るのにかなりの勇気がいった。

でもその匂いとかこもった空気にも次第に慣れてきた。

ここにいたら連絡もしたくなくなるという感じはよく理解できた。しないのが当然だろうな、と、ちょっと暖まったら私まですぐに思えてきたからだ。

「ばつが悪いしな、つれあいをなくしてこの歳で女のところに転がり込むっていうのは、娘なんかには言いにくいさ」

父は言った。

「よりによってさあ」

私は声をひそめた。

「アルゼンチンババアだなんて、もうお父さん町内中の笑い者だよ、言いたくないけどさ」

「言わせとけ。俺が、幸せなら、なんでもいいんだよ」

父はちょっとだけ上のほうを見て、そう言った。

そこにはしみだらけの暗い天井しかなかったが、そうか、お父さんにとって幸せという感じはちょっと上のほうにあるのか、と私は変なところにじんときてしまった。

「さあ、お茶をいれてきたわよ」

とユリさんが古いプラスチックのお盆の上にホーローのカップを載せて持ってきたのはミルクティーだった。

そのミルクはいつ頃のものですか？　とも聞きにくくて、私はちょっとだけ口をつけた。腐ってはいなかったが砂糖が山盛りに入っているらしく、舌がしびれるくらい甘かった。

カップは茶渋が二十年くらいにわたってしみ込んだような古い色をしていた。

「ものをとっても大事にしているんですね」

家中の、古物商の物置みたいな様子を見て、私は言った。昼間なのに、ものが多すぎて薄暗い。ところどころに高そうでもすてきでもなく、ただ古いというだけのライトが灯っている。

「そうね、私が小さい時からのものだからね。修理して、いつまでも使うのよ」

ユリさんは微笑んだ。

その修理というのもどうやらガムテープで貼る、とか布で適当につぐ、という程度のことだというのもわかった。こたつ板の割れたところがセロテープで何重にも補修してあったからだ。

「みんな昔からのものなの」

ユリさんは誇らしげに言った。髪の毛はぼさぼさだし、靴下は毛玉だらけなのに、タンゴをやっていただけのことはあって、姿勢がよかった。それが彼女に奇妙な気品を与えていた。

「今度タンゴのステップを教えて下さい」

私は言った。

「いいわよ、もちろん！　お父様も最近私に習っているのよ」

ユリさんは微笑んで言った。

私は思わず二口目のお茶を吹き出してしまった。

「一緒に踊るのよね、満月の夜に、屋上で、音楽をかけてねー！」

ユリさんの「ねー」に合わせて、父まで「ねー」と言った。

踊る父親というのが想像できず、私はいつまでも驚いていた。いったいどうしてしまったんだろう？　と。恋狂いか？　と。

でも父は、もともとこういう人で、職業の形に閉じこめられていたものを解放しただけなのかもしれないな、と思った。

もともと彫刻家になりたかったとよく父は言っていた。

なにかひとつ人生の歯車が違っていたら、パリかどこかで、父はこういう感じの女の人と一緒になってこういう暮らしをしていたのかもしれなかった。

「そうそう、屋上を見せてあげましょうよ！」

ユリさんが言った。

「あなたの創ったすてきなものを、みつこさんにも見せてあげましょうよ！」

さっきから、私がちょっと何かを思うと、すぐにユリさんはそのことを話題にすることに私は気づいた。

心を読まれているような変な気分だった。

でもこのビルの中は、長年かけてもうユリさんの体の中のようになっていると思えた。だから、そういうことはなんということもなくて、とても自然なことだし、だからこそこの、何かに包まれているようなあきらめと喜びがあるのだと思えた。過ぎ去った華やかな時に置き去りにされたものたちと一緒に、ひっそりとささやかに存在する喜び。

屋上には花壇がたくさんあり、ちょっとした庭園になっていた。そして、その中には野菜を育てているところも確かにちょっとだけあった。大きなプランターのようなものにいろいろな野菜が植わっていて、確かに菜園のように見えた。肥料はなんだろうなあ、とぞっとする反面、黒々とした土から顔を出しているつやつやした青菜がおいしそうだな、と思った。枯れたニガウリの葉が、屋上の柵に固くしっかりと何重にもからまっていた。きっと夏にはたくさん収穫があったのだろう。

はじっこにはいつ干したのかわからないような洗濯物が、ひもにずさんにとめられて、ひらひらと風になびいていた。

下のほうには明るい午後の光に、冬の街並みがかすんでいた。はるか遠くに見えたが、それはほんの少しこのうっそうとした森のようなものに隔てられているだけだった。このビル自体もそんなに高い建物ではないので、いろいろなビルが同じくらいの高さに見える。それでも、街のはずれにあるせいか、遠くの建物は白くぼやけて見えて別世界のようだった。

そしてその真ん中に、懐かしい父の道具箱があり、そこだけが父の昔からの生活の匂いを発散していた。

懐かしさって、全てが変わってしまってから初めて芽生えるものなんだ、と私は思った。

もしかしたらこの恋は、父なりの、人生に対する怒りからきているものなのかもしれない、と私は初めて思った。

お母さんがいなくなって気が抜けたということだけではなく、恋に落ちたというだけでもなく、前の人生のほとんど全てをなきものにしてしまいたいという気持ちが、父の中にあったのかもしれなかった。

この人生を選ぶにあたって切り捨てた要素の数々が、今、父の中で大きな力となって芽生え始めているのかもしれなかった。

父の人生は全然予想どおりにいかなかった。全てが激動していった時代で、昔に思い描いていた将来はなにひとつ実現されなかった。石屋さんは職人さんを抱え、注文を受けて墓ができるまでをみんな請け負い、ひとつの墓に最初から最後までかかわることができた時代は、あっという間に去っていった。

夫婦仲良く歳をとって、いずれは引退して弟子の様子を見たり、孫の世話でもしてのんびり暮らす、そういう全てが、まるで約束されていたかのようにあったはずの全てが、時代の急流の中で失われてしまったのだ。

だから父には、母を失っても前のままの生活を続けていくためのものが、もはや何にも残らなかったのだろう。

その屋上の床には、ものすごく不思議なものが創られていた。それは、なぜかあまり鮮やかではない色とりどりの玉石のモザイクで創られた、巨大な曼陀羅のようなものだった。

屋上の一画に煉瓦で枠を創りていねいに玉石をはめ込んでセメントで固定していくつもりらしく、セメントの袋や接着剤も積んであった。その部分だけが古ぼけた屋上のコンクリートの床から少し浮き上がり、なんとも奇妙な感じではあったが、素人っぽい作りではなかった。手先が器用な父が、ちゃんと下絵を考え、こつこつと秩序だてて創っているのがよくわかった。

「まだ途中なんだけどね、最後に目地を埋めて、雨風に強く作らないとな」

父は言った。

「俺の見た曼陀羅を、モザイクでここに再現しているんだ」

何重にもなった輪が、そこには描かれつつあった。

「この輪が普通の、俺たちの世界で、この外のほうになると、どんどん空間の色が薄くなっていくのだ。薄くなるのに、密度は濃くなっていくし、透明なのに強くなっていくのだ。ここは植物の世界で、ここは、地球を守っている透明な人たちの世界」

父は説明した。

「そ、そうなんだ……そういうこと、今度ゆっくり聞かせてね」

私は曖昧に答えた。

それでも、この間言っていたことをちゃんとつきつめているらしい父に驚いていた。お父さんは本気だったんだ、と思った。

「いや、おまえには説明してもきっと伝わらないから、だから、これにして表してるんだから」

父は言った。

「あっそう、じゃいいよ」

「それから、おかあちゃんのために墓石も作ったんだよ」

父は言った。

大きなベンジャミンの陰に、それはあった。

小さな、イルカの形をした白い墓石だった。

父はほんものらしいイルカならきっといくらでも彫ることができるはずなのに、それはなぜか漫画みたいなイルカだった。そしてかわいらしく笑っているのだった。

「お父さんったら」

私は涙が出てきた。

「おかあちゃんはイルカが好きだったからなあ、四角い墓じゃあじけないだろ」

父は笑った。

私が小さい時、家族全員で南の島に行ったことがあった。そこで、母は生まれて初めて、ボートに併走して泳いでくるイルカの群を見たのだった。

「見て、イルカがついてくる！」

母は大感激して、いつまでもいつまでもイルカに手を振っていた。

その時母は満面の笑みを浮かべていて、おおはしゃぎして、カールした髪が女学生みたいに風になびいて、帽子をおさえる手がエレガントに見えて、とてもきれいだった。

そしてそれからは、ちょっとでも時間ができるとイルカのいる水族館に行こうと私や父をやたらに誘ったものだった。

だから遺されたお母さんの写真は、ほとんどがイルカと一緒に写っている。写真を撮られるのが恥ずかしいからと嫌っていたのに、イルカとだけは一緒に写りたがった。だから母の写っている写真は家族とのものよりも、水槽の前で、イルカとかろうじて一緒に写真に収まるようにがんばって変な体勢で、にこにこしているものばかりだ。

私の手帳にいつも入っているお母さんの写真でさえ、イルカが後ろの水槽に写り込んでいる。仏壇の上の遺影の中にイルカがいないのがかえって不思議なくらいだ。

「お父さん、でもお父さんの家の墓をこれにすげかえると、おじいちゃんもおばあちゃんも、みんなイルカの墓に入ることになるけど……」

私は言った。

「かまうもんか、俺は長男だ」

父は言った。

つるつるしたイルカが、午後の陽の下で笑っていた。

私はその時、母の死に立ちあわなかった父を、完全に許した。立ちあわなかったほうがずっとつらかったんだと、そのイルカが強く語っていたのだ。

「あたしの育った国では、こういう、とても大きい遺跡があるのよ。昔、宣教師が森の中の人たちと一緒に作ったの」

ユリさんは言った。

「イルカのですか？」

私は言った。

「違う違う」

ユリさんは笑った。

「こういう、このビルみたいな巨大な四角い建物があって、その下ははるか遠くまで、ずっと緑の草原が続いているの」

そう彼女が言った時、私にも見えた気がした。

光に揺れて波のようにうねる緑の草がずっと、海のように広がっていくところが。そしてその上の、息がつまるくらい濃い青い空が。

でも、実際には遠くから車の音が聞こえていて、建物はごみごみして計画性なくつぎつぎと壊されては建てかえられ、空の色はなんとなく薄汚れている日本の街があるだけだった。

こんなにも遠くに来てしまったユリさんのことが、切なく思えた。


それから私はたまに、差し入れの肉とか牛乳とか米とかを持って、そこを訪れるようになった。身内としてはそうせざるをえないというのもあった。

でも、ユリさんとしょっちゅういすぎるととり込まれてしまって、もしかしていつのまにかお父さんのようになってしまうかもしれないという危惧もあったので、適当に日をあけて行った。

日をあけてしまうと、行く前には、寒い日にいきなり裸になって温泉に入るくらいの勇気が必要だった。

あの薄暗さ、臭さ、汚さ、よどんだ空気。

でもついて五分もすると慣れる。やがて私はアルゼンチンビルで食事さえできるようになっていった。あそこで週に一回くらいは夕食を作って食べているのよ、とさすがに地元の友達には言えなかったが、じつのところ慣れてしまうとなんでもないことだった。

父は寒いのに毎日ちょっとずつモザイクの曼陀羅を創り続けていた。そして午後のお茶の時間になると、腰をのばして満足げに下に降りてくる。

墓石を彫っていた時も、いつも父はそんなふうに仕事をしていたものだった。父にとって仕事は、お金のためにしていたものではなかったのだなあ、人生そのものだったんだ、と私は深く納得した。

とりわけ幸福だったのは、ものすごく寒くて雪がちらつくような日に、三人でだらだらとこたつにあたって、ストーブで沸かした湯で何回もお茶をいれては、お菓子やおせんべいを食べて過ごすことだった。

ストーブのオレンジ色の光だけがこうこうと明るく、猫は丸まって眠り、私も何回もうたたねしては目覚めた。

目覚めると、ユリさんも寝ていたり、父はひっそりと時代物や歴史物の本を読んでいたりした。

そんな時は安心して、くりかえし、今はもうない家のドアを、空想の中で開けることができた。

私が小さい頃住んでいたあの家。

何回も心に描くと、ドアの開く時の線はきれいな残像になって胸に残った。

そして中にはお母さんがいた。スリッパの音が響き、お父さんは仕事場で仕事をしている。

もうこの世にない家なのに、引き出しをあけてものを出すことさえできそうだった。あのやかんがあって、あそこに椅子があって、あのエプロンがかかっていた……。

もう全てなくなってしまった。

こんなにはっきりと触れるくらいに頭の中にあるのに、もうこの世のどこにもない。あの家の中を無造作に歩き回り、母のめがねやサンダルに触ることももうない。あのドアを家族全員がそろって開けることもない。あのちっぽけな、通販で買ったテーブルに、みんなで向かうこともない。

だからふだんは痛くて思い出せなかった。

でも、ここでなら、涙がにじむまでぞんぶんに思い出すことができる。その中につかって切なく目覚めてからも、ひとりでいなくてもいい。考えがよそにうつるまで、じっくりと痛みを抱えることができる。

アルゼンチンビルの中には、なにひとつ「なくなってしまったもの」がないから、時間が人の頭の中の力によってすっかり止まってしまっているから、そこに流れている時間は特別なもので、決して過去と現在を分けて流れてはいない、だから、そういう夢を見ることが許されるのだ、と私は思った。


私が世話になっているおばさんには、もうその家に住んでいないやっかいな男のいとこがいた。デブで、暗くて、自意識過剰で、いとこでなければきっと口もきいてやらなかっただろう。

その上、おばさんの留守中に遊びに来ると、すぐに私を犯そうとするのだった。

私は何回も声をはりあげ、一回なんか警察に通報してやった。

幼い頃の彼を知る近所のおまわりさんにさんざん怒られてさすがにこり

たらしく「おまえやる時はやるからな」というキャッチフレーズを私に与えた後、私に対してはおとなしくなった。

そのいとこがたまたま遊びに来ていて、父のかけおちにたいそう興味を持った。

なのである日、一緒にアルゼンチンビルに連れて行ってみた。

「うわあ、すげえ、きたねえ！」

と門の所でいとこは言った。

「すごいでしょう……、私もはじめそう思ったよ」

私は言った。

それでも季節はもう春で、様々な植物がうっそうとした世界に芽生えていた。春には春の鳥たちが、たくさん庭を訪れていた。木からはいっせいに芽が出ていたし、太陽の光をたくさん受けて発酵する豊かな土のふんわりと甘い匂いがした。あちこちで猫が寝ころんでひなたぼっこをしていた。

タンポポがたくさん咲いていて、土の色に鮮やかな緑と黄を添えていた。梅はもう散っていたが、濃いつやつやした枝にはまだ赤や白がはりつくようにちらほらと見えていた。

桜のつぼみは今にも開きそうにふっくらとふくらんでいた。

草をかきわけてむせながら進んでいたら、いとことこんなふうに遊んだ小さい頃を思い出した。

あの頃はまだこの子も素直で、お盆の時など田舎で会って、一緒に一日中遊んだっけ、と思った。二人で笑い転げたり、せみがうるさい真夏のかんかん照りの庭でスイカを食べたり、一緒に昼寝したりした。

その頃はこいつはこんなにデブでもなく、いやらしくもなく、とても気の利く優しい子だったたっけ。

この着ぐるみみたいなぶよぶよの体の中には、きっとあの頃のままのこの子が入っているはずなのに、もう会うことはないのだろうか、などと私は思った。

そういう私もきっとかなり様変わりしているのだろう。

庭の中、茨をかきわけて黙っているあいだだけ、時はかわいらしく戻っていたのだ。

「よう、しんちゃん」

窓辺で老眼鏡をかけて猫のノミをとっていたお父さんはいとこを見て笑った。

「おじさん……やりますね、新しい彼女なんて作っちゃって」

いとこは言った。

「まあ、若い男の人が来た、最近活気が出てきて嬉しいわ！　昔みたいだわ」

　ユリさんはいつものように猫の毛だらけの姿でやってきた。春になって暖かくなったら部屋のほこりも彼女の服のけばだちも、いっそうすごくなったように思えた。

　いとこが小さな声で「すげー」と言った。

「はじめまして、しんちゃん」

　ユリさんは言った。

「アル……ユリさんのことは昔から子供たちの間で有名でした。この建物に入ることができて光栄です」

　いとこは言った。私ははらはらしたが、その程度で彼の発言は終わった。

　屋上に上ると、曼陀羅はますます完成に近づいていた。鮮やかじゃない色が不思議な迫力と渋みをかもしだしていた。細かい石で、まるでタイルのようになめらかに、父はその何重もの円を埋めていっていた。

「この真ん中には何が入るんですか？　宇宙の中心には」

いとこが聞いた。

「ユリ」

お父さんはきっぱりと言い、私は赤くなり、ユリさんは聞いていないで空を見ていて、いとこは口笛を吹いた。

春になったらこたつがあったところにはクッションや毛布があって、真ん中あたりにこたつ板が置いてあり、そこでなんとなくごろごろしてくつろぐシステムになっていた。そのクッションも腰や頭を乗せるのにちょっとした勇気がいるしろものだった。

そしてこたつ本体はというと、しまってあるわけでもなく、そのへんの壁にただ立てかけてあった。

「おじさん楽しそうだな、よかったな」

「おう」

「おばさんが死んだら、おじさんも死んじゃうかと思った。おばさんはすてきだったから。だって俺、おばさんが初恋の人だったもん」

いとこは言った。

いとこがそういう歳相応の素直なしゃべり方をするのを久しぶりに聞いた。

そういえば、おじさんとおばさんが離婚して、おじさんと暮らすようになってから、いとこはどんどん奇妙な感じになっていったのだった。

いつもエロ雑誌とか女のグラビアがついている漫画雑誌ばっかり見ていて、自分ではつきあえもしないくせにそういう女性たちにいろいろな評価をくだし、私のことをブスブスいうくせに短いスカートをはいているといつも足ばっかり見ている、こんな煩悩の塊みたいな奴でも傷つくんだ、と思うと私はちょっとだけ胸が痛んだ。

私の知ったことではないが、私がおばさんと住んでいることにも、いとこはちょっと複雑な気持ちだったのかもしれない。

「そうか」

父は言った。

「二人とも、女性の趣味は最高なのね！　しんちゃん私のことも好きになっていいわよ」

と言って、ユリさんが高らかに笑った。

「ユリ、インスタントラーメン作ってくれや」

「はいはい」

もうすっかり二人は夫婦のようだったし、母を知っている私、そして多分いとこも、不思議と心は波立たなかった。ユリさんの妙な風貌とこのビルの中があまりにも現実とかけ離れていたからかもしれない。

あるいは父が自然だったからかもしれない、そこには、ある人と添い遂げて、それをすっかり終えた後の人だけが持っている解放感があったのだ。

「いい女を見つけるにはどうしたらいいんですかね」

ラーメンをすすりながら、いとこが言った。

「俺みたいにかっこよくないとなあ。それに宇宙の神秘にも通じてないと」

たばこを吸いながら父が言った。

「そうかあ」

いとこは神妙に言った。

「デブをなおしなよ」

と私は言った。

「おじさん、昔から風呂にもろくに入らないのに、なぜかもてますよね」

いとこは言った。

「俺なんてすごい清潔ですよ」

「あれだね、風呂に入らないのはいっこうに気にならないけど、やっぱり脇と股はさすがに気持ちわるくなってくるね」

父は言った。

「そんなこと言うのやめてよ」

と私は言った。

「あのね、何よりもね、女の人を見る時に、やたらに首から下を使ってはだめよ、もてないよ」

唐突にユリさんが言った。

「俺、そんなに露骨ですか?」

「それもあるけどさ、そういうことじゃなくってさ、ほんとうに大切な人がわからなくなっちゃうわよ。首から下は、ほんとうに大切な人を捜す時には使わないこと、そして、ほんとうに大切な人にだけ使うの。敬虔なクリスチャンだった私の母はいつもそう言っていたわよ」

ユリさんは微笑んだ。

その微笑みはいつも圧倒的で純粋なものなので、私はいつでも「そのお母さんとは何歳までいたのですか？」とか「その国籍は？」とか聞きそびれてしまう。

それに、昔のことを思い出す時、ユリさんはいつでもとても悲しそうなのだった。その悲しさは何かうっとりとしたものなので、近寄りがたい何かが発散されて、現実にひき戻すのがいけないことに思えてしまうのだ。

帰りに真っ暗な庭で振り向くと、窓辺に立って手を振るユリさんが部屋の明かりで逆光になっていて、その細い体の線がとてもきれいに見えた。

ああ、と私は思った。

あのビルの一階は、きっともともとはダンスのレッスンをしていたスタジオで今は物置、二階はシャワーと洗濯機（めったに使われなさそうだが）と本の山と台所、三階は生活の場、そして屋上には菜園と曼陀羅がある。家の中にも外にもたくさんの猫がいて、猫の死骸もあちこちにきっとあって、それが養分になって植物が生い茂っている。

長く続いてきて自然に枯れていった暮らしがあり、歴史があり、独特な世界がつやつやとして生きている。

初めて行った時、私はあの古いビルを墓石のようだと思った。でも今は違う、古い夢を閉じこめて今も生きている、あれはきっと遺跡なのだ。

「俺、おじさんの気持ちがなんとなくわかるな」

いとこは言った。

「ああいう暮らしって、男の夢の果てかも」

暗い中で聞いたその声は、草の中でこもって、星空に高く響くように聞こえた。夢の中で聞いた声のように。


イルカの墓石を設置するためには前の墓をどかして穴を掘りなおしたり、人を雇っての作業や、お寺さんにも新しい墓石を設置する時のお経をあげる日取りなどを手配しなくてはいけなくて結構大変な手間がかかった。

何回も足を運んで、父の知人に頼んで何とか思うように仕上げてもらい、ちゃんとお経もあげてもらった。ついてきた若いお坊さんは笑いをこらえていた。先祖代々の墓としっかり彫ってあるのに、イルカだったからだ。

完成してしばらくしてから、父と一緒に母の墓参りに行った。ユリさんは遠慮して来なかった。だいたいユリさんは近所のスーパーと電器屋さん以外にはほとんど外出しないのだそうだ。

墓は改装されたかのように整然としていた。つつじが植えられ、新しい柱が立てられ、真ん中にまるまるとしたイルカが笑っていた。

「おかしいね、これ、私きっと嫁に行ってしまって、ここに入れないのがおしいよ」

イルカを洗いながら、私は言った。

「戻ってきて入りゃいい」

父は言った。

「勝手なこと言わないで」

「婿養子をとりゃいい、お得なことに、かわいいイルカの墓に入れるぞってな」

その墓を洗っていてもあまり神妙な気持ちにはなりにくく、墓石を洗っているのではなく、イルカを洗っている感覚になれるのがすばらしい。その上、イルカは笑って喜んでいる。父は彫刻家になれるかもしれない、今からでも遅くないかもしれない、と思った。そのイルカには魂が宿っていて、水をかけたら今にも動きだしそうに見えた。

そう言うと、父もそれを目指していると言った。

「石に宿っている神が俺にそう言うんだ、石を彫れってね、しきりに」

いつか人に見せるものを創りたいと父は言った。でも、芸術には興味がないから、店とか、公園とか、墓とか、庭でこの街のみんなが楽しい気持ちになるものがいいんだ、と言った。俺は死んだ人のために仕事をしてきたけれど、それは生きていて、墓に来る人たちのためでもあったのだ。でも、死んだ人が安心して眠れるようにというのが第一目的ではあった。もうたくさんその仕事をした。充分した。だから、これからは生きている人たちの、心のよりどころになる小さいものを創りたい、と。

　私たちは桜の花びらがきれいな模様を土に描いている墓の中の道を、静かに歩いていた。もう花はほとんど散っていて、青虫みたいなきれいな色の葉が、茶の枝によく映えていた。

「桜っていうのも実体がないじゃないか」

　父は言った。

「本当にきれいな女ってのは、見ても見てもどういう顔かおぼえられないもんなんだ」

「それって、ユリさんのこと？」

「うん」

「それはそれは……すてきなことですね」

　私はひやかしたつもりだったが、父は全然動じず続けた。

「毎日見ていても、つかみどころがなくて、どんな顔なのかはっきりとはわからないんだ。顔のまわりにこう……」

父は自分の顔のところで柔らかく両手を動かした。

「もやもやした、きれいな布みたいなのがひらひら動いていて、その向こうははっきりとは見えないんだ」

「はあ……」

「なんだろうな、あれは。女の謎だな」

父は淡々とそう言った。

「お母さんは？　やっぱりそうだった？」

「うーん、はじめはそうだったな。でも、だんだんいやというほどくっきりと見えてきたよ。それが夫婦ってもんだろ」

「でもユリさんはそうでもないの？」

「今はまだ顔が見えてない段階だな、まだまだいい時期だ」

空はかすんでいて、薄く柔らかい青色をしていた。

タンゴを踊ったり、肉を串にさして焼いたり、すごく辛いソーセージを作ったり……あくまでユリさんは外国の人だった。それでも父は彼女の中に、なにか懐かしいものを見たのだろう。懐かしく、また永遠なるものを。

同じことを、私も子供の時に母に感じていた。大人になってきたらひとりの女性としてくっきりと見えてきたけれど、幼い頃母はいつでも、柔らかいかすみの向こうに見えた。

結局、ユリさんの年齢は五十歳だった。思ったよりはずっと若かったというのがいいニュースだ。

そして驚くニュースとしては、その歳で妊娠して、帝王切開で赤ん坊を産んだのだった。

妊娠したと聞いた時には「なんと気持ちわるい話だ……」と思ってがく

然としたけれど、おなかの大きいユリさんはとても若く見えて幸せそうだったので、私はまたもやそれに慣れた。

自分でもちょっとものごとに慣れすぎるのではないか、と思ったしまわりにもいろいろ言われたが、実際に見慣れてしまったのだから仕方がない。

敷地から出たがらなかったユリさんもそうなるとなんとか近所の産院までは外出するかまえを見せ、いよいよの時にはちゃんと町いちばんの大病院に入院した。清潔に洗われたパジャマを着ている素顔のユリさんは普通のおばさんに見えた。いつも細くきりっと描かれている眉毛がないとなんだか顔立ちもかわいらしく、赤ちゃんに負けずに産まれたてにさえ見えた。

産まれてきたのはつまり私の腹違いのきょうだいで、ものすごくかわいい顔をした小さい男の子だった。

子供の籍はうちに入れたが、ユリさん自身は「そんな生き方は自分の身の丈に合わない」と言って入籍を拒んだ。かわりに子供にアルゼンチンビルの土地を遺すと遺言状を書き始めた。

私は父のちっぽけなお金をユリさんが狙っていると思っていたことが、心底恥ずかしかった。恥ずかしいことは、思っただけでもいつしか自分に返ってくるのだということも知った。風変わりで謎ではあるけれど、あんなにも気高く純粋な女性を疑うなんて本当に恥ずかしいことだった。だいたいこうなると、彼女にたかっているのはいつのまにかすっかり我が家族ではないか。母を亡くしてみなし子のようにばらばらになったのにまたひとつの家族になれて、全ての意味で、救われているのは父と私ではないか。

そしてユリさんは産後から崩した調子がずっと戻らず、六年後に心臓発作で急に亡くなった。

最後にユリさんに会った時も、全てがいつもどおりだった。左腕がしびれるというので、肩をもんであげた。ふけだらけの髪の毛を、もはや不快に思うことはなかった。

「すごく楽になった、本当にみっちゃんは天使ね、いつもかわいくて優しいあたしの天使」

とにここにこ笑いながら、とんちんかんなことを言っていた。

恥ずかしくて私はユリさんの背中に顔を押しつけた。暖かい背中から、こもった優しい音で心臓は確かにまだ動いていた。私に最後の言葉を贈るみたいに、確かに、柔らかい音で。

その音はまだ私の耳の底に、子守唄みたいに残っている。

うち寄せる波の音みたいに。

その頃、ユリさんはまるで古ぼけて暗い家の中に、その地味な背景の色の中に、少しずつ溶けていくように見えた。

そして赤ん坊だけは浮き上がっていて、色がついているように見えた。

それが生命の自然な模様なのかと思う。だんだんと背景に溶けていくような死に方をするのが、正しい人生なのかもしれないと思う。

今父は、アルゼンチンビルに住み、その子供を育てている。

そして年老いて、だんだんと輪郭がぼけて、背景になじみ始めている。

そのことは決して悲しいことではなくて、きっと何よりも自然なことなのだ。

父の彫刻は、まず墓の脇に置くものとして、次に庭に置くものとして、少しずつ売れ始めた。

町おこしの一環として、遊歩道とか病院の庭とか公園の前に置かれることも決まった。町内会長が父の幼なじみだったこともあるが、父の創る像は石の形がそのままに生かされていて親しみやすく、安く、味があったので人気があったのだ。

アルゼンチンビルの中はユリさんがいなくなってからますます荒れ始めた。父に家の管理なんてできるわけがなかった。

私はもうおばさんのところを出て実家でひとり暮らしをしていたので「二人でいったん戻っておいでよ」と何回か言ってみたが、父はアルゼンチンビルに骨を埋める覚悟をしていた。この家がユリの墓石だ、と父は言った。

そうなってくると子供が育つのにはあまりにも不適切な環境だったので、ユリさんが亡くなってから私とおばさんといとこが手伝いに行って、少しだけ片づけた。でも、何も捨てはしなかった。冷蔵庫を買い替えたくらいで、あとは磨いたり、ほこりをはたいたりして、大切に保存することにした。おばさんはあまりの汚さにショックを受けてその後出入りを拒んだが、弟のことは喜んでしょっちゅうあずかってくれた。

私はたまに掃除に行ったり、ごはんを作ったりしてはいたが、やっぱりそこに住もうとは思わなかった。そこは永遠にあのカップルと、その子供のための家だと思っていたからだ。

それでも、もういつ自分の子供を産んでも大丈夫なくらい、よく弟の世話をした。おばちゃんとは呼ばせず、おねえちゃんと呼ばせている。多分、お父さんがいつか死んだら、私とおばさんが面倒を見るのだろう。

私は大学を卒業して、専門学校に通っている。少し落ち着いたらヨーロッパに留学をしてあちこちのカフェを見て回って、自分がその仕事をするということを自分の中に充分根付かせてから、実家の、もとは父の仕事場だった所を改装して、小さな喫茶店をやろうと思っている。そこには父に色とりどりのモザイクを創ってもらうつもりだ。

私はこの人生で私のための遺跡を自分で作っていかなくてはならない。

いずれにしてもふるさとを離れるつもりはない。もし離れても戻ってくるだろう。この街にはあちこちに父の創った像があってなじみ深いし、母の思い出もあるし、アルゼンチンビルもあるし、何よりも弟がかわいいからだ。弟はやがてこの街を巣立っていくだろうけれど、帰ってくる場所をつくってやりたい。

どこまでも遠い異国に旅するのも、自分だけの遺跡を作ることも、きっと根っこのところでは同じ試みなのだと私は思う。ある時代から時代へ旅して、消えていく。ささやかな抵抗の試みを永遠の中に刻みつける、それだけのことなのだ。

弟は、鼻が尖っているところがユリさん似の、強情で、でもとても優しい男の子だ。弟からもらったものも、もう数えることなどできない。今までこの世にいなかった人が縁あってこの世にやってきて、自分を好きになってくれた、それだけでもう胸がいっぱいだ。


「ここに住んで、子供を育てているお父さんのこと、街の人がなんて呼んでいるか想像つく？」

ある日、屋上で畑の世話をしながら私は父にたずねてみた。

弟は学校に行っていて留守だった。真夏の水まきは楽しい。作物に責任がなければなおさらだ。小さいかぼちゃやきゅうりをめでながら、日焼けも楽しめる。

「当然アルゼンチンジジイだろ？　もしかして二代目がつくかもな」

父は言った。

「正解」

と言って私はげらげら笑った。

「ここでの暮らしはお父さんの理想の暮らしだったの？」

私はたずねた。

「うーん、そんなのわかんねえな。今は今だよ。悪くはないな」

父は言った。

「でも、俺、あっちの遺族に骨は持っていこうと思うんだ。息子も連れて。もちろんあの国の情勢が落ち着いたらだけどね。おまえも来るよな？」

「もちろん行くよ、旅の手配もする」

私は言った。

「でもまだ生きている親戚はいるのかしら？」

「いると思うよ、何回か話題に出たし、手紙ももらったから住所がわかる」

「本物の遺跡も見よう」

「そうだな、俺が長旅に耐えられるうちに行こう」

父の創った曼陀羅はすっかり完成し、夏の光にじりじりと照らされていた。熱をもってひとつひとつの石が光り輝いていた。曼陀羅の全体が屋上の床の古びた色からしっかりと盛り上がって、空の上からでも見えそうなくっきりとした輪郭でそこに存在していた。

植物の世界、神々の世界、人の世界……父の言うところのいくつもの世界が輪になって抽象的に展開していた。そしてその中心には、黒い服を着てユリを持ち、虹色のベールをかぶった女の人が小さく描かれている。

その曼陀羅を見る度に、そして風が吹きわたるその屋上から街を見おろす度に、私にはあの頃の日々が鮮やかによみがえってくる。

そしてはるかな異国の景色が見えてくる気がする。光にあふれる草原で遺跡を背景にして、風に髪を舞わせながら、真っ青な空を見上げている若き日のユリさんが見える気がする。

「どうして人が遺跡を作るのか知ってる？」

昔ユリさんは一緒に屋上で私の買ってきたごませんべいを食べていた時、私にこうたずねた。

確か父は買い物にでかけていて、いなかった。

とても天気のよい五月で、街のあちこちにこいのぼりがひらひら泳いでいた。

あの時のせんべいのごまの味も、飲んでいた冷たい牛乳の味も、今もはっきりとおぼえている。私たちは屋上の柵にもたれかかって、下をなんとなく見おろしていた。風がさわやかに吹いていって、体のまわりが陽でぽかぽかと暖かかった。

「知らない。自分の記録をのこしたいから?」

若き日の私は言った。

「それもあるけど、きっと、お父さんがこのモザイクを創ったのと同じよ」

ユリさんは笑った。

「好きな人がいつまでも、死なないで、いつまでも今日が続いていていてほしいって、そう思ったのよ」

その祈りは永遠に人間が持つはかないものなの、そしてきっとはるか上のほうから見たらネックレスみたいにきらきらと輝いていて、神さえもうらやませひきつけるほどの美しい光の粒なのよ、とユリさんは言った。

ユリ

誰もいない

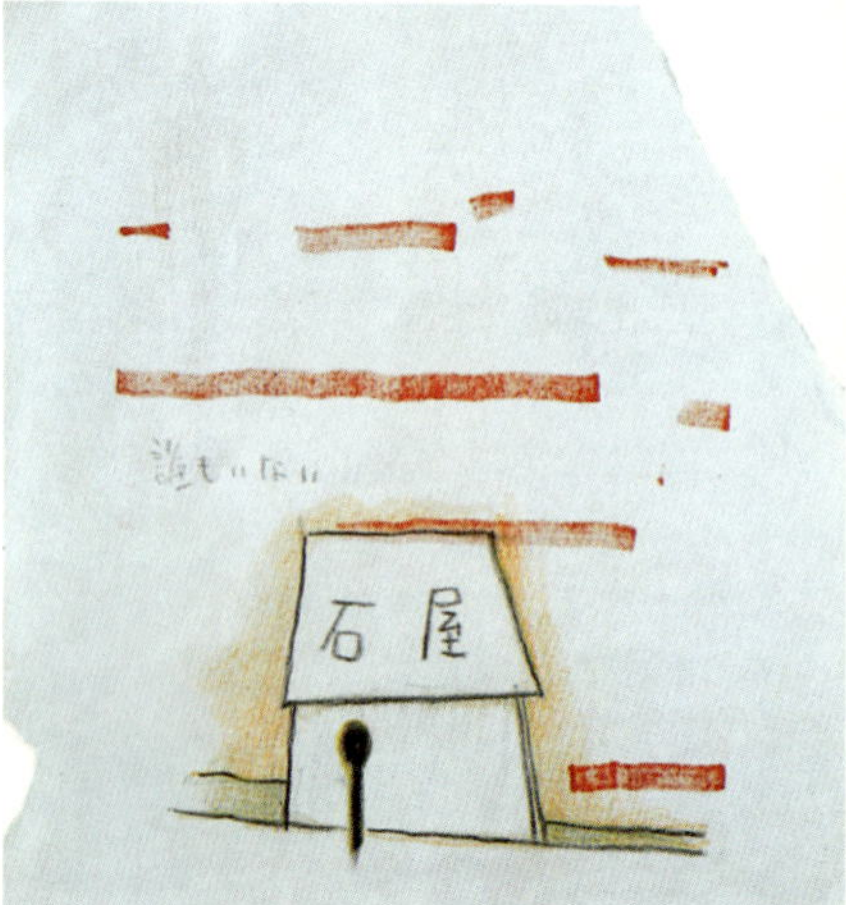

石屋

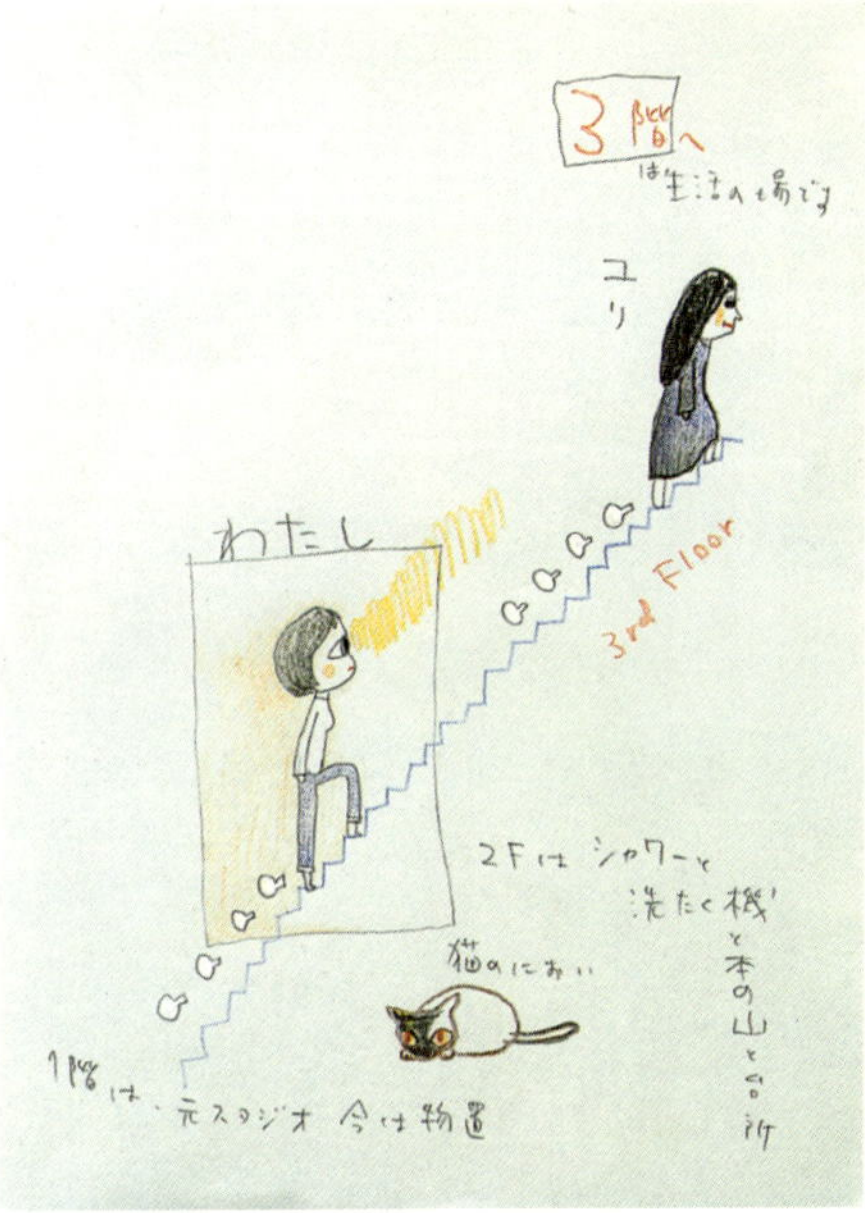
3階へ
は生活の場です
ユリ
わたし
3rd Floor
2Fはシャワーと洗たく機と本の山と台所
猫のにおい
1階は、元スタジオ 今は物置

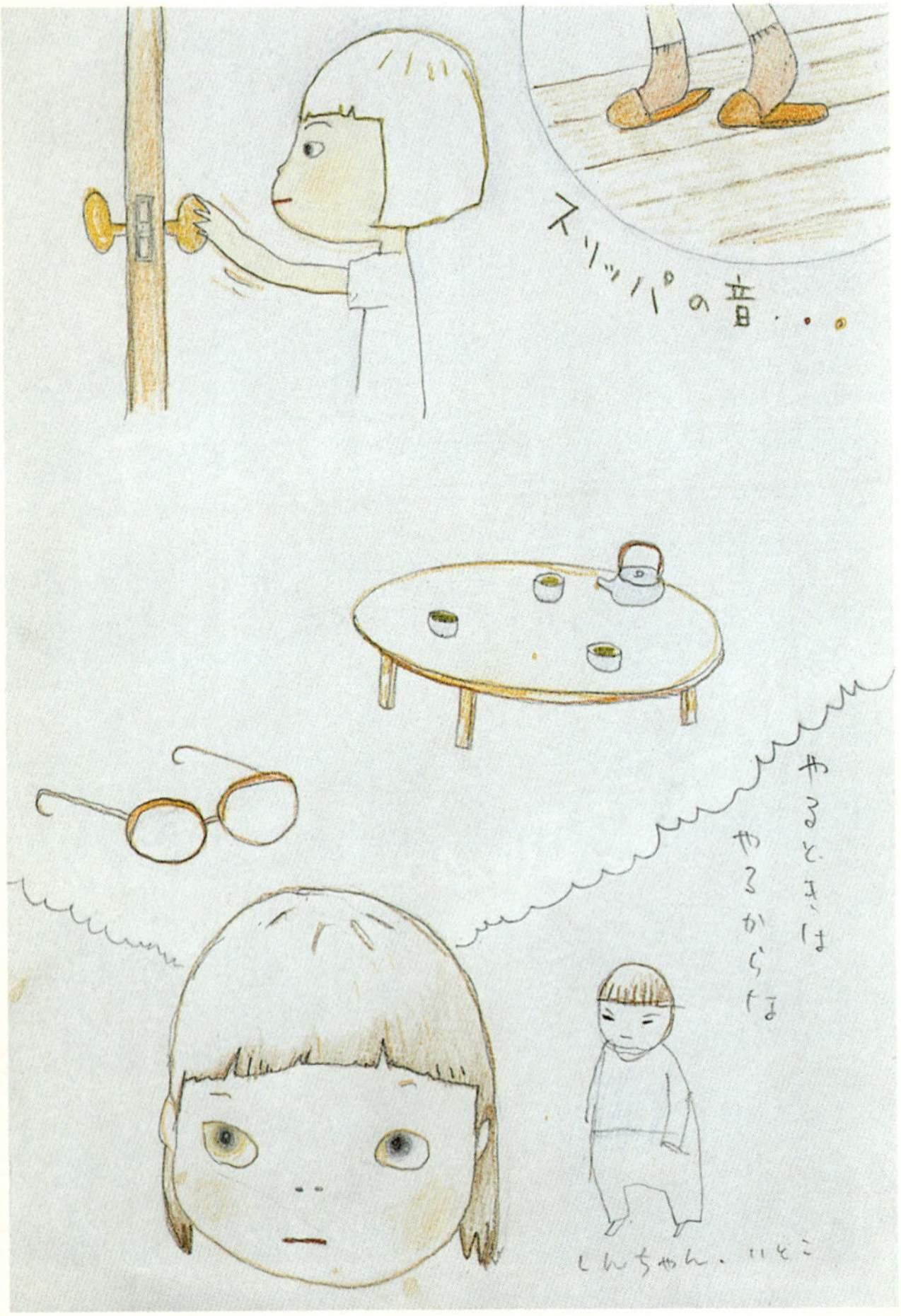
スリッパの音・・・
やるときはやるからな
しんちゃん・いとこ

この作品は二〇〇二年十二月ロッキング・オンより刊行されたものです。

幻冬舎文庫

●好評既刊
ひな菊の人生
吉本ばなな

ひな菊の大切な人は、いつも彼女を置いて去っていく。彼女がつぶやくとてつもなく哀しく、温かな人生の物語。奈良美智とのコラボレーションで生まれた夢よりもせつない名作、ついに文庫化。

●好評既刊
発見
よしもとばなな　他

単調な毎日をきらりと光り輝くものに変化させる「発見」。ささやかな発見がもたらす、驚きや喜び、切なさを含んだ日常の小さなドラマを、個性溢れる29人が描くエッセイアンソロジー。

●好評既刊
贅沢な恋人たち
村上 龍　山田詠美　北方謙三　藤堂志津子
山川健一　森 瑤子　村松友視　唯川 恵

ホテルの一室で男と女が出会うとき、そこではいつも未知の出来事が待っている。実在するホテルを舞台に、八人の作家が描いた恋人たちの愛の交わり。エロティシズム溢れる恋愛小説集。

●好評既刊
LOVE SONGS
唯川 恵　山本文緒　角田光代　桜井亜美
横森理香　狗飼恭子　江國香織　小池真理子

ユーミン、Puffy、SMAP、華原朋美……のラブソングが小説になった！　お気に入りの曲に想いをのせて、人気女性作家8人が贈る、極上のベストヒット・アンソロジー。

●好評既刊
ホワイト・ラブ
谷村志穂　真野朋子　島村洋子
清水志穂　末永直海　川上弘美

「果てしないあの雲の彼方へ私を連れていって」SPEED、山崎まさよし、スガシカオ、尾崎豊……あのラブソングがラブストーリーになった。人気女性作家六人による恋愛小説アンソロジー。

アルゼンチンババア

よしもとばなな

平成18年8月5日　初版発行

発行者――見城徹
発行所――株式会社幻冬舎
〒151-0051東京都渋谷区千駄ヶ谷4-9-7
電話　03(5411)6222(営業)
　　　03(5411)6211(編集)
　　振替00120-8-767643

印刷・製本―中央精版印刷株式会社
装丁者――高橋雅之

幻冬舎文庫

ISBN4-344-40835-7　C0193　よ-2-13